Frankie's Magic Football

# 球衣8号

兰帕德少年足球小说系列

第二辑

RELA BAXI DE
JINBEI JIUYUAN

# 热辣巴西的金杯救援

[英] 弗兰克·兰帕德 著
乐乐张 译

GUANGXI NORMAL UNIVERSITY PRESS
广西师范大学出版社
·桂林·

出版统筹：施东毅
品牌总监：耿　磊
责任编辑：李茂军
助理编辑：陈显英　王芝楠
美术编辑：刘冬敏
版权联络：郭晓晨
营销编辑：杜文心
责任技编：李春林
First published in Great Britain in 2014 by Little Brown Books for Young Readers

著作权合同登记号桂图登字：20-2015-257 号

图书在版编目（CIP）数据

热辣巴西的金杯救援 /（英）弗兰克·兰帕德著；乐乐张译．—桂林：广西师范大学出版社，2018.5
（球衣 8 号兰帕德少年足球小说系列．第二辑）
书名原文：Frankie and the World Cup Carnival
ISBN 978-7-5598-0734-2

Ⅰ．①热…　Ⅱ．①弗…②乐…　Ⅲ．①儿童小说—中篇小说—英国—现代　Ⅳ．①I561.84

中国版本图书馆 CIP 数据核字（2018）第 051856 号

广西师范大学出版社出版发行
（广西桂林市五里店路 9 号　邮政编码：541004
网址：http://www.bbtpress.com）
出版人：张艺兵
全国新华书店经销
广西广大印务有限责任公司印刷
（桂林市临桂区秧塘工业园西城大道北侧广西师范大学出版社集团有限公司创意产业园内　邮政编码：541100）
开本：880 mm × 1 240 mm　1/32
印张：3.5　　字数：45 千字
2018 年 5 月第 1 版　　2018 年 5 月第 1 次印刷
印数：0 001~6 000 册　　定价：24.50 元

如发现印装质量问题，影响阅读，请与印刷厂联系调换。

谨以此书献给我最亲爱的母亲帕特夫人。感谢她当年在我只顾踢足球的时候，提醒我写作业，感谢她陪我走过人生的点点滴滴。

——弗兰克 · 兰帕德

# 序 言

很高兴我的足球小说在中国出版。这是一种奇妙的缘分，因为这套小说中，有一本我专门写到了中国！我曾经到过中国，见到了无数可爱的球迷，切身体会过他们对我的支持，我希望很快能够再次拜访中国。

我从小就喜欢踢球，这和我的家庭有很大关系，我爸爸是名足球运动员，我童年最快乐的时光就是和他在后院踢球，他教了我不少踢球的秘诀。当然了，想要成为一名职业足球运动员，光是热爱足球还远远不够，还得接受各种严格的训练。但正是因为热爱，即使再严苛的训练，我也乐在其中。

在球场上，我曾经攻破过许多球队的大门。很多人曾问我进球的秘诀是什么？我的回答就是：不断地练习。就是这么简单。想要踢进一个球，靠的可不只是运气，还需要良好的体能、娴熟的技术，还有最重要

的——灵活的大脑。而想要达到这些标准，你需要不断地练习，练习，再练习，直到迎来进球的那一刻。我自认不是天才型的球员，所以，我从来不会放弃最基础的足球训练，这就是我进球的秘诀。

中国是一个伟大的国度，我知道在那里有很多喜爱足球运动的孩子，也像我小时候一样，每天踢足球，看球赛，买足球杂志，甚至会搂着足球睡觉。我也知道，不少家长反对孩子过多地踢球（因为他们觉得会影响功课），但是我相信足球能够带给孩子课堂上学不到的东西，那就是面对困难的勇气、团队合作的精神以及进球那一刻的喜悦。

我现在是两个女儿的父亲，每天夜里，我会在她们入睡前陪她们一起阅读，希望她们能够从故事中获得勇气和信心。就像我在书中创造的弗兰克足球队一样，他们遇到各种各样奇怪的足球队，有骑士、海盗、木乃伊等历史或神话人物，也能看到很多奇怪的动植物，但正是足够的勇气和信心，让他们一次次战胜强大的对手，并且让友谊更加坚定！

另外，每本书中都加入了关于足球的知识，包括足球的历史、规则、技术等等，可以让你更加深入地了解足球这项运动。鉴于每个人喜好不同，有人喜欢在前场冲锋陷阵，有人喜欢在后场运筹帷幄，所以，从这些足球知识中，每个人都可以学到自己感兴趣的东西。而从你翻开这本书的第一刻起，你就是弗兰克足球队的一员了，兰帕德叔叔将成为你最给力的教练！

开球吧！少年！

弗兰克 · 兰帕德

# 目录
# CONTENTS

第一章　世界杯半决赛 1
第二章　破碎电视中的人影 9
第三章　裁判哨子、决赛用球和冠军奖杯 17
第四章　热带雨林中的危机 25
第五章　鳄鱼的恐吓 37
第六章　继续寻找 47
第七章　老友相见 57
第八章　大力神杯争夺战 65
第九章　绝妙配合 73
**弗兰克足球学校** 83
足球知识 85
球衣 85
球鞋 87
发型 88

**足球技巧** 89

热身 89

护球 91

假动作 92

**足球锦囊** 93

踢球和学习，哪个更重要？ 94

家中常备一个足球 95

公平竞赛 96

**致谢** 97

★ ★ ★ ★ ★

欢迎来到“魔法足球大联盟”的奇妙世界！这里有全世界顶级的足球联赛！你还在等什么？

想要加入“魔法足球大联盟”？首先，你要组建一支属于自己的球队。注意，这种级别的赛事可不是在公园里踢着玩的那种，你的对手是来自世界各地的强队，比赛场地也是世界闻名的“大球场”。

现在，哨声即将响起，大伙儿系紧鞋带，众志成城，拿出你们的最高水平！祝你们好运！

——主裁判

第一章

# 世界杯半决赛

“往里面挪挪！”露易丝拿着一包薯片走进客厅。弗兰克靠着查理躺在沙发上，慵懒地挪了挪身子。

“我这儿没地方了。”查理指了指小麦，嘟囔道。原来，此时小麦正窝在沙发角睡觉呢！“我以为小狗都喜欢在狗窝里睡觉呢。”

小麦睁开眼，冲他汪汪叫了两声。

“小麦除外，它可是真球迷，为了这场球撑到现在，已经很不容易了。”弗兰克笑着说。

“你看，它睡得正香呢！”查理说。

电视里在直播的是世界杯半决赛的一场比赛，比赛双方是英格兰队与阿根廷队，此时比分1-0，英格兰队领先。如果英格兰队拿下这场比赛，将有机会在决赛中和巴西队相遇，后者是本届世界杯的东道主，那注定将是一场恶战。和大部分球迷一样，弗兰克不相信英格兰队能走这么远，他用力在自己的胳膊上捏了一把，没错，他没做梦！当然，弗兰克的爸爸更不会相信英格兰队能走这么远。这不，他今晚约了弗兰克的妈妈，二人正在一家高档餐馆享受烛光晚餐。他压根儿就不记得今晚有国家队的比赛，他一定会后悔的！

不过，爸妈不在家的好处也很明显，沙发上可以留出更多的位置给弗兰克和他的小伙伴们。

查理想从露易丝那儿拿点薯片吃，但伸手抓了半天都没抓起来。

“摘了手套不就行了？”弗兰克刚说完就已经知道查理要说什么了。

“做梦吧，最好的守门员，总是时刻准备着！”

弗兰克和露易丝尴尬地笑了笑，爱足球可以理解，但是这么爱足球的，也只有查理了吧。

电视里正在播放另一场半决赛——德国队对战巴西队的精彩镜头。在比赛的最后时刻，19 岁的巴西前锋里卡多打入一记精彩绝伦的倒钩，直接绝杀德国队。球迷不断高呼“里卡多！里卡多！”，电视转播也从不同角度慢动作回放这粒精彩入球。弗兰克摇着脑袋，真没想到这样也能进球。解说员还不忘把里卡多的身世挖出来，他出身贫民窟，家里有 4 个姐姐，一家人挤在一间小屋里。

“要是我也能打入这么漂亮的进球就好了。”弗兰克感叹道。

“你会的，我看好你。”露易丝笑着说。

弗兰克耸了耸肩，他明白，打入这样一粒精彩进球

其实并不难，难的是在世界杯半决赛这样的大赛中打入。

“想想看，他要承受多大的压力。”查理说。

弗兰克听到楼梯上传来咚咚的脚步声，是哥哥凯文，他穿着一件复古巴西球衣从楼上跑下来。这时候，爸妈不在家的弊端又显现出来了，凯文成了家里的保姆，必须看着这帮臭小子。

“几比几了？”

他把沙发一角的小麦向旁边用力一撩，一屁股坐了下去。这么往沙发上一坐简直像一场大地震，露易丝弹了起来，手中的薯片撒了查理一身。小麦跳下去，在地毯上叼了两片薯片悄悄地回窝去了。

“1-0。”弗兰克克制着自己的愤怒说。哼！连上半场都不看的人还好意思说自己是球迷！

凯文把散落在露易丝腿上的薯片都抓在手里，一把塞进嘴里，边嚼边说：“我打赌英格兰队必败，输球输习惯了。”

露易丝盯着他说：“好了，弗兰克，咱们去花园玩一会儿吧。”还有 5 分钟，下半场比赛就要开始了。

露易丝穿过一扇落地玻璃门，来到后院的花园，身后跟着查理。弗兰克走进厨房，在水池下面的橱柜中藏着两个足球，一个是几周前买的，没踢过几次；另一个就是那个破旧的、掉了皮的足球，看起来连滚动都费劲。不过，没几个人知道其中的秘密。弗兰克笑了笑，多亏这个魔法足球，他们才能踏上冒险的征途。不过，今晚弗兰克不想冒险，他只想安安稳稳地在后院踢会儿球，然后回来接着看下半场的比赛。他把破球放了回去，关上橱柜门，带着新球准备出去踢。

初夏的暖风，醉人的花香，星星点点的细碎月光，周围的邻居没有了平日的喧闹，一切都静悄悄的，大家都待在家里看世界杯。弗兰克把球抛向空中，在球落地前用脚背接住，颠了几下便轻巧地将球传给了露易丝。露易丝稳稳地将球踩在脚下。

“咱们练习射门吧？我给你起球。”

弗兰克笑着说：“好。查理，你准备好了吗？”

查理早就站在篱笆前，准确地说，应该是两道篱笆

中间，他们平时就把这个空隙当作球门。

“时刻准备着。”查理拍了拍手。

露易丝将球搓了起来，眼看球就要从弗兰克的肩膀上方掠过，他没有迎上前去接球，反而向后跳开了。

“胆小鬼。”一个声音突然传来。

腾空而起的弗兰克措手不及，脚尖恰好掠过足球，踢空了，紧接着背朝地面摔了下去。

“你没事吧，弗兰克？”露易丝急忙跑上前问道。

弗兰克小心翼翼地坐起来，拍了拍背上的灰。哥哥凯文正站在后门看他们踢球，笑得前仰后合。

“是他的喊声，让我走神了！”弗兰克道。

“又在找借口！”凯文突然不见了，等他从屋里出来的时候，手中拿着弗兰克的魔法足球，“来，拿这个球试试，它没准会给你带来好运。”

“你小心拿着。”弗兰克提醒凯文。他以为自己的小聪明能躲过凯文的眼睛，但最终还是被发现了。

“怎么？害怕了？”凯文带着球来到花园中央。

“谁怕谁啊。”弗兰克立刻还击道。

“嘿！雀斑男！看球！”凯文冲着查理喊，紧接着抬脚就射，这脚射门没什么威胁，球被查理稳稳地拿住。

“扑得漂亮，查理！”露易丝欢呼着。

凯文的面子丢尽了，红着脸说：“再试一次，刚才我只是练练脚。”魔法足球停在篱笆旁，弗兰克跑过去捡起来，将球放在胸前说：“够了，别把这个球弄坏了，不然接下来会发生什么，你应该懂的。”

凯文像泄了气的皮球，一脸沮丧地说：“好吧，算你狠。”他佯装转身离去，谁知突然伸出一只脚，将弗兰克手中的魔法足球踢了出去，紧接着对着篱笆一脚抽射，篱笆被打得嘎吱直响，前后摇晃。

“你踢那个新球行么？”查理说。

“我就喜欢踢这个球。”凯文一边说，一边踮起脚尖，在地上扭了扭脚腕。

弗兰克无能为力，眼看着足球嗖的一声穿过落地玻璃门飞入客厅，哐当！

第二章

# 破碎电视中的人影

电视机被砸了个大窟窿，凯文吓得脸色煞白。

弗兰克看着他的朋友们，不知如何是好，甚至连走进屋里的勇气都没有。小麦夹着尾巴匆匆跑了出来。

弗兰克走近落地玻璃门，看见电视机倒在地上，玻璃碎片散落在地毯上。还有，足球不见了。

“噢！天哪！”露易丝喊道。

“射得漂亮！”查理有点儿幸灾乐祸。

“我真的……真的不是故意的。”凯文结结巴巴地说。

弗兰克的骨子里渗出一丝寒意。他害怕，害怕爸妈会大发雷霆。之前爸妈没少教训他，禁止他在家里踢球。

“我们最好先收拾一下。”弗兰克故作镇定地说。

大伙儿开始清理，把电视放回原位。凯文沉默了，他的那些“聪明绝顶的至理名言”早就被抛到了九霄云外。弗兰克忍不住看了一眼墙上的钟表，爸妈还有两个小时就回家了。更揪心的是，距离英格兰队下半场比赛开始的时间还有一分钟，现在电视被砸了。

“如果你想看比赛的话，可以去我家。”查理说，“那台大电视肯定被我妈霸占了，她在看舞蹈节目，不过我们可以去看车库里的那台电视。”

“谢谢你。”露易丝说。

“我也能去吗？”凯文有点儿不好意思。

查理一脸疑惑地看了看他，弗兰克多希望查理能够直接回绝这个家伙！

“好吧，但是你必须保证不会破坏我家的任何东西！”查理说。

弗兰克锁好后门，盯着电视发呆，也许他应该早点给妈妈打电话说明这件事。他拿起电话，拨通了妈妈的号码。

“怎么了？”电话刚接通妈妈就说，“是不是小麦把另一个高尔夫球也吃了？”

“没有，妈，小麦没事儿。”弗兰克说。

实际上这时候小麦也没闲着，用鼻子不断地在电视机底部嗅，还发出呜呜的怪声。

“那是什么事儿？”妈妈问，“我和你爸可刚刚开始吃开胃菜。”

“发生了一点小……”弗兰克说不下去了，他在做梦吗？电视机周围竟然火花四溅，“事故。”他接着把话说完。小麦蹦得远远的，全身的汗毛都竖了起来。

“事故？”妈妈尖叫道，“有人受伤吗？凯文到哪儿去了？”

突然，一幅画面出现在支离破碎的电视机屏幕上。弗兰克电话都没挂，走近一看究竟。

“弗兰克，听得见吗？”妈妈问道。

更多的火花像小星星一般从电视机旁边迸射出来。弗兰克深知，这肯定不是电路出了问题。

“是弗兰克的电话，”电话里传来妈妈的声音，“不知道发生了什么，说是什么事故。”

屏幕上出现了一张脸，一张弗兰克似曾相识的面孔。

“里卡多！”弗兰克气喘吁吁地大喊。

“什么？什么里卡多？”妈妈有点儿摸不着头脑。

“妈，没事了，我要挂了。”弗兰克说。

他挂断电话，慢慢走近电视机，面前的这位巴西超级球星正在向外张望。

“你好！”里卡多说。

“他在跟我说话吗？”弗兰克激动不已。查理、露易丝和凯文此时已经回到卧室。

“怎么了？”露易丝跑出来问。

她看了看电视，说：“噢，电视又好啦？”

“有人在吗？”里卡多问。

“我们在。”弗兰克回答道。

“不可能吧！”凯文说，“是电视在和我们说话吗？”

“不是电视，是我在和你们说话。”里卡多说着，双手拿起了魔法足球。

“我猜这个足球应该是你们当中某个人的吧？”

“是我的。”弗兰克举起手说。

里卡多点了点头，指着弗兰克说：“好吧，你有自己的球队吗？”

弗兰克看了看他的朋友们，说：“有，但是……”

“那么来吧，”这位巴西球星说，“我需要你们的帮助。”

“去哪儿？”查理说。

“没时间解释了，”里卡多说，“世界杯半决赛正在进行，我们命悬一线了！”

弗兰克手臂上的汗毛都立起来了，他说：“我们怎么过去？”

里卡多耸了耸肩说：“我怎么知道？魔法足球是你的。”

小麦突然开始围着沙发上某一点打转，鼻子紧贴着坐垫。

“猎人小麦，现在不是找薯片的时候。”查理说。

但当小麦抬起头时，它的嘴里正紧紧咬着遥控器，遥控器正在发光。弗兰克从小麦的嘴里拿下遥控器，对着电视说了句“什么都没有”，紧接着按下了开关键。突然一阵大风呼啸而过，弗兰克的衣领都被吹了起来。他听到一声尖叫，寻声望去，原来是不远处的露易丝。她的长发拍打着自己的脸颊，薯片围着她的头发打转。小麦的脚掌紧紧抓在地毯上。弗兰克意识到他被某种力量推向了电视机，他下意识地伸出手握紧沙发一角。凯文在地板上挣扎着，也慢慢被大风吹去。查理的双手紧紧扒着门框。

小麦汪汪叫着，身体被风从地毯上吹起，飞向电视机，最后消失在无尽的银色光线中。下一个是凯文，他挥舞着胳膊，飞向露易丝，两个人嗖地消失了。

只剩下弗兰克和查理了。

“不要抵抗了！”弗兰克顶着呼啸的大风说，“我数三下，一起放手！一！二！”

查理哀号着飞了出去。

“三！”弗兰克喊道。

他松开沙发角，任凭龙卷风把他带走。

第三章

# 裁判哨子、决赛用球和冠军奖杯

世界突然陷入黑暗之中，弗兰克隐约听到远处传来阵阵歌声，他能闻到汗水、草皮和皮革的气味。

他睁开眼，发现自己在一间更衣室里，球衣整齐地挂在衣架上，其他足球用品则散落在长凳上。朋友们都在他周围，他们满脸困惑。小麦站起来摆了摆身子。

“很高兴你们能够加入。”

他们转身一看，原来是里卡多，只见里卡多穿着一身运动服，手中拿着魔法足球。弗兰克不敢相信这一切都是真的。

“你好。”弗兰克可能也就说得出这一句了。

里卡多上下打量了弗兰克一番，又看了看其他人，说：“你们踢得了球吗？看起来太小了吧！”

“我在一个小店里赢来的。”[①] 弗兰克说完，感觉自己的话有点儿愚蠢。

“我们到现在还保持全胜。”露易丝扬着头自豪地说。

“还有在魔法联赛中的最佳守门员纪录保持者。”查理插了一句。

小麦摇着尾巴说：“最强悍的四条腿防守队员在此！”

弗兰克忍不住笑了起来，有一只会说话的小狗真

---

① 在“球衣8号兰帕德少年足球小说系列”第一辑《海盗旋涡的冲力射门》中有相关情节。译者注。

不赖。

凯文什么都没说，因为到目前为止，他还不是球队的一员。

“嗯，这次的挑战要比你们之前面对的更加困难。”里卡多说。

弗兰克走上前，说：“我们准备好了，你是说这场比赛遇到麻烦了吗？”

里卡多耷拉着肩膀坐在板凳上，把球放在一边。他严肃地点点头：“有三件物品被偷走了，没有了它们，决赛就无法开始。”

“哪三件？”查理问。

里卡多掐着指头说：“裁判哨子、决赛用球，还有最后一个——冠军奖杯。”

“你们没有报警吗？”凯文问。

里卡多无奈地笑了笑说：“警察帮不上忙的，魔法世界的问题需要通过魔法来解决。”

“那他们不能用别的足球和哨子吗？”凯文说。

里卡多摇了摇头：“你不懂，这些物品并不是现实生活中看到的那样，它们是魔法物品。魔法足球可以赋予球员精湛的技术，哨子能保证竞赛公平，奖杯是三者中最重要的，是每支球队都在追寻的目标。”

凯文嘲笑道：“我不相信。”

弗兰克怒视着自己的哥哥，里卡多并不在意，独自走到门前，说：“跟我来，我会告诉你的。”

里卡多一打开门，弗兰克便听到了震耳欲聋的呼喊声。“这是球场吗？我们在球场？”

里卡多带领他们走过一条通道，噪音越来越大，最后，他说：“这可不是一般的体育场。”

他们眼前出现了穿白色球衣的大牌球星们。弗兰克激动得差点摔倒。“英格兰队对战阿根廷队！我们在巴西！”

其他人凑到弗兰克周围，大家正在欣赏下半场比赛，比分牌显示，比分依旧是英格兰队 1-0 领先阿根廷队。事情开始发生转机，一名球员突然丢球，滑倒

在地，另一名球员竟然被自己绊倒了。

“开始有反应了，”里卡多说，“他们的技术都消失了，看到没有？”

两名阿根廷队的球员腾空跳起，冲着球而去，但球没顶到，脑袋却撞在了一起。他们躺在地上呻吟着。一名英格兰队的后卫滑铲过来，想要断球。不！滑铲的目标竟然是裁判！观众席开始发出嘘声。

“好吧，就算我相信你，”凯文说，“我们能做些什么？”

里卡多带着他们回到通道，眼看四年一届的世界杯就要变成一场灾难了，弗兰克感到万分绝望，他必须要做些什么。但他们这次面临的挑战看起来比之前的更大。

回到更衣室里，里卡多从凳子下面拿出一个鞋袋，小心翼翼地打开，里面装着一双金色的球鞋。

弗兰克立即认出了，这是里卡多的战靴。“这双球鞋将带你到你该去的地方。”说着，他把这双球鞋递给了弗兰克。

弗兰克把球鞋拿在手中翻来覆去，看了又看，说：“这双球鞋不合脚。”

“你先试试。”里卡多带着淡淡的微笑说。

弗兰克穿上球鞋，鞋长比他的足长至少大了5个码！“我说过了的。”他边系鞋带边抱怨。

“你最好也带上它。”里卡多把足球扔给弗兰克。

弗兰克刚刚接到球，脚上的球鞋突然开始缩小。不可思议的一幕出现在了他的眼前，球鞋的长短最后变得跟他的足长一模一样了！

“哇！”弗兰克大喊。

“等等，”查理说，“为什么你自己不去找回丢失的物品？”

这位巴西球星看了看表，说：“原因很简单，5分钟后我有一场新闻发布会，会后我还要做理疗，这时候我怎么能消失。因为某种原因，魔法足球把你们带到了这里，现在看你们的了。”

弗兰克的双脚开始疼痛，他大喊：“发生了什么事？！”

里卡多退后一步说：“祝你们好运，魔法足球队。”说完，他向大家挥了挥手。

“等一等！”露易丝说，“你还没有告诉我们是谁偷了那三件物品。”

还没等里卡多回答，弗兰克便消失在更衣室里了。

第四章

# 热带雨林中的危机

弗兰克发现自己被若隐若现的大树包围着，树冠浓密，遮挡住了大部分阳光，但是他还是感觉很热，汗水在皮肤表面滑动，一阵刺痒。树顶悬挂的藤蔓缠绕着树干，周围是五彩缤纷的树木和巨大的蕨类植物。

“不太对劲，”他说，“为什么我们会出现在丛林里？”

“难道球鞋出问题了？”查理用手套拍散周围的苍蝇说。

“这里是热带雨林，”露易丝说，“亚马孙河流经巴西，你们不记得了吗？”

“太棒了！”凯文说，“问题是我们怎么才能回家？”

小麦的耳朵突然竖了起来：“你们听到了吗？”

露易丝摇摇头问：“听到什么？”

弗兰克也没听到有什么声音。

“就是那个声音。”小麦说，“没办法，狗的听觉要比你们人类灵敏。”

弗兰克似乎听到了什么，一个遥远的、刺耳的声音。“哨声！”他激动地说。

“很奇怪，丛林里不应该这么吵吧？”查理说，“问题是动物们都去哪儿了？”

查理说得对。热带雨林里静悄悄的，弗兰克能听到的声响就是伙伴们的脚步声和哨声。

“是从那个方向传来的。”弗兰克指着远方说。

小麦第一个出发了。它鼻子贴着地面，边闻边走。他们爬过巨大的树根，哨声越来越大，一刻都不停息。弗兰克凝视着周围，他有种被人注视的感觉。丛林里太黑了，他只能看到前方几米内的物体。刚才是一个影子在丛林里穿梭吗？他眯起双眼，还是看不清楚。

最终他们到达一片开阔地，头顶的几根树枝上吊满了绿色、橙色的芒果。大伙儿走到开阔地的中间的时候，小麦突然停下了。

“什么声音？”弗兰克问。

从丛林中传来低沉的咆哮声。

“喔……喔。”查理说。

一双黄色的眼睛划破黑暗，接着又有一双。

“喔……喔。”露易丝跟着查理说。

一双双眼睛接连出现，原来是六七只状似猫的动物埋伏在周围。是美洲虎，它们的獠牙随便挑一颗都要比弗兰克的手指长。

查理从地上捡起一根棍子。

“哎哟，我好怕怕哦。”一只美洲虎笑着说。

弗兰克站在大伙儿前面说：“我们没有敌意，不会给你们带来任何伤害，我们只是来这里寻找一个哨子。”

“是吗？”美洲虎说，“嗯，我们接到命令，吃掉所有前来寻找哨子的人。”

“用你和你的大嘴巴？”凯文喃喃地说着，不自觉地向后退了几步。

小麦挺起胸膛，直起身子，都快有弗兰克的膝盖那么高了，问道：“谁下的命令？”

“关你什么事？说吧，你们还有什么遗言？”一只美洲虎说。

弗兰克将球扔在地上，用尽全力，一个大脚将球踢上天。足球撞上了树枝，成百上千的芒果开始向下落。

砰！砰！砰！

芒果掉落的瞬间，美洲虎吓得直往后退。

“快跑！”弗兰克大喊。

弗兰克和伙伴们一溜烟儿地躲开美洲虎，扎入了茂密的丛林中。弗兰克甚至不敢回头看，他深知“芒果雨”不会下太久。

最后，大伙儿气喘吁吁地在一根巨大的树干后面停了下来。

“我想我们甩掉它们了。”露易丝说，“队长，赶紧想想办法。”

“我失去了魔法足球。”弗兰克说。

“不，你没有。”查理说着，一只手托起魔法足球，“它被我稳稳接住了。”

凯文最后一个从灌木丛里钻了出来，上衣都是芒果汁的污渍。他大喊道：“别再给我添乱了！”

“总比被当作午餐吃掉好多了。”头顶传来一个声音。

大家抬头一看，原来是一只猴子坐在树枝上。

“喂！”弗兰克喊道。

“你们应该找个地方躲起来。”猴子焦虑地看了看四周，“在阿里找到你们之前。”

又一声哨声传来，猴子忽地跳到另一根树枝上说：“我得走了。”

“嘿，等等！”弗兰克刚说完，这只毛茸茸的生物便消失了。

弗兰克和他的伙伴们比以往任何时候都更糊涂，只能沿着河岸向猴子跑去的方向前进。“谁是阿里？”弗兰克想，“是偷走那三件物品的人吗？”

他们一直往前走，快到森林的尽头的时候遇到了一条河。眼前的场景弗兰克从未见过：十几条鳄鱼趴在浅滩上，每条鳄鱼身边坐着一只猴子，手中拿着一把蕨类植物做的扇子。鹦鹉等在一旁，一旦鳄鱼张口，鹦鹉就飞上前去啄鳄鱼那一颗颗肮脏的牙齿。其中有几条鳄鱼是躺着的，猴子则用棍子给鳄鱼的肚子挠痒痒。

“我还没有见过这么精彩的动物世界呢。”小麦说，

“但是怎么看起来一点儿都不自然呢？”

鳄鱼们明显被吓到了，一眨眼就聚在了一起，然后用它们笨重的身体留出一条路。弗兰克这才看见，一条巨大的鳄鱼从水中朝他们游过来。奇怪的是，那条鳄鱼自己并没有游，而是被两条蛇拖拽着向前移动，两条蛇的脑袋露出水面。

“真懒。”查理喃喃地说。

弗兰克突然一阵惊喜，因为他看到那条巨大的鳄鱼的嘴巴上挂着一根绳子。“是哨子！”他忍不住指了指鳄鱼，低声说。

“怎么才能拿到呢？”查理问。

“你的手套抗咬吗？”凯文问查理。

“你太逗了。”查理说。

“也许我们能跟它讲讲理？”露易丝说。

身后传来一阵低沉的笑声，他们转过身，原来是那群美洲虎。它们身上沾满黏黏的果酱，看起来心情不是很好。“没错，你们可以和阿里讲讲理。”美洲虎的

首领说，“赶紧出发吧！”

弗兰克和他的伙伴们让美洲虎护送他们到河边，鳄鱼们一个个转过身子朝他们望去，眼中充满了敌意。挂着哨子的那条鳄鱼正在享受两只猴子为它做背部刮痧。“它应该就是阿里了。”弗兰克想，“看来它可以让整个丛林里的动物都听它的。”

“我们发现了这些入侵者。”美洲虎说，“他们是来寻找哨子的。”阿里龇了龇牙，似笑非笑地说：“是这样吗？”

“哨子被偷了。”弗兰克说着，发现那排大牙越来越近，“我们是来找回哨子的。”

“嗯，如果是那样的话，按理说我应该把它还给你咯？”阿里说。

“真的吗？”凯文说。

“嗯……也不全是。”鳄鱼接着说，“有个条件，你们必须通过一项挑战，来考验你们的足球实力。”

“鳄鱼也会踢球？”小麦不可思议地问。

“哦，踢了很多次了。好吧！”阿里回答说，“鳄鱼当然不会踢球，但我不是一条普通的鳄鱼！”

“抱歉，只是你看起来太像鳄……”小麦说。

阿里快速地咬了咬牙齿说：“说吧，接受挑战吗？”

“接受！”弗兰克毫不犹豫地说。

凯文抓着他的胳膊，小声说：“等等！你不觉得你应该先问清楚是什么挑战吗？”

“我们别无选择，英格兰队的比赛还在进行，如果有人受伤了，没有哨子怎么办？”

“说得对！”阿里说，“你要做的很简单，你们队中的一个人必须将球踢过这条河，踢到对岸去，明白吗？”

弗兰克望着宽阔的河面，心中顿时没了底。

“太远了，”查理说，“不可能踢得过去。”

“踢不踢得过去，和我没关系。”阿里得意扬扬地说，而后它露出牙齿开始大笑起来。

第五章

# 鳄鱼的恐吓

弗兰克看着其他人，心想：“我刚才到底做了什么？”

查理说得没错，河面太宽，就是让英格兰队的守门员来开球也踢不了那么远！

“你有 3 次机会，”阿里说，“我是不是很大方啊！”

“让我试试。”凯文把球从查理手中夺过来说，“这是自我踢球以来遇到的最难踢的一球。”

凯文把球放在地上，后退了几步，一个大脚将球踢出。眼看着球飞过水面，但是不知从哪儿冒出来的一股怪风将球拦下，还没到河面的一半距离，球就掉入水中。

“倒了八辈子霉了！”凯文喃喃地说。

“没有开门红哦！”阿里幸灾乐祸地说。它吹了一声哨子，只见一只猴子跳进水里，游到球前面，把球拿了回来。

越来越多的鳄鱼聚集在水中观看，它们的脑袋或者背部露出水面。

弗兰克开始担心，如果他们失败了会有什么后果，鳄鱼们看起来都好像没吃早餐似的。

露易丝第二个出场。她踢了一脚低平球，好让球躲开那股怪风。球几次拂过河面，到了大概 20 米远的地方，扑通一声掉进了水里。查理拍了拍她说：“干得好。”

“谁饿了？”阿里问，“那条小狗倒很适合做开胃菜。”

小麦后退了几步，对弗兰克说：“不要指望你的狗，我们只剩一次机会了。”

湿透的猴子把球捞了回来，它看了看弗兰克，说：“祝你好运，我们支持你！”

“耶！”鹦鹉嘎嘎叫着。

“自从阿里有了那个口哨，就变得让人难以忍受了。它甚至命令树懒围着它跑，你知道的，树懒最讨厌到处跑了。”

弗兰克眯起眼睛，刚才露易丝的那一脚让他恍然大悟，说：“嘿！阿里！你让其他鳄鱼都散开点，不然大家看到你输球多尴尬。”

阿里的大眼珠转了又转，说：“真的吗？也许我应该多叫些鳄鱼过来，都来见证你们是怎么失败的。”

弗兰克耸耸肩，憋着没笑出声来说：“我们继

续吧。”

阿里吹响了它口中的哨子，水里挤满了更多的鳄鱼，你推我搡，不一会儿这条河几乎被它们的身体堵塞了。

弗兰克把球扔在河岸边，他知道只剩一次机会了，这次必须命中。

“让我们愉快地继续吧。”阿里说。

弗兰克将球踢出，球压着水面滑行，打在一条鳄鱼的脑袋上弹了起来，接着又弹向另一条鳄鱼的脑袋，再到下一条，一直这样下去，沿着一座“鳄鱼桥”到达了对岸，弗兰克和他的伙伴们欢呼起来。一些猴子也加入庆祝的队伍当中，直到阿里再次吹响哨子。

“这下我们可以拿回哨子了吧？”弗兰克问道。

阿里皱着眉头说：“不行，你们作弊了。”

说着，它沉入水中，弗兰克看着它身体的阴影向河中央的一个小岛游去。其他的鳄鱼瞬间消失了，留下弗兰克和他的伙伴们以及一些猴子、美洲虎、鹦鹉和蛇在岸边呆愣着。

“现在怎么办？”小麦说。

弗兰克握紧了拳头。他没有作弊，他用他的聪明克服了困难。“行，如果阿里食言，做不到它答应过的事情，那我只能亲自去取回哨子了。”弗兰克暗想。

他看了身边的动物们一眼，说：“你们想找回自由的生活吗？”

“想！”动物们异口同声地说。

“我需要你们的帮助。”弗兰克说。

“在所不辞！”猴子们说。

“行，现在开始实施B计划！”弗兰克说。

美洲虎已经把落在地上的树枝都捡了起来，猴子们找来藤蔓把树枝系在一起，弗兰克和他的伙伴们花了很长时间做了一个小木筏。现在，几个人要用他们的手做船桨，朝着阿里所在的小岛划去。水流湍急，徒

手划船难度很大，大伙儿累得气喘吁吁。

“我希望你们知道自己正在做什么。”凯文说。

“我也这么觉得。”弗兰克心想，“如果蛇没有尽全力的话，我们会成为鳄鱼的晚餐。”

阿里和它的朋友们看着小木筏慢慢接近，摇摇晃晃地划入一片坡地，说：“我告诉过你，拿到哨子比登天还难，现在赶紧滚。”

木筏驶入浅滩，等到与陆地距离足够近的时候，弗兰克才从木筏上走了下来，对阿里说：“你欠我的，必须还！”

阿里摇了摇头，说：“最后警告你一次，我的肚子开始叫唤了，也就是说，你们只有 10 秒钟时间做出行动。”

其他鳄鱼都游到水边，舔着它们的大嘴唇。

“我不怕你。”别看弗兰克嘴硬，其实他淹没在水中的两个膝盖正在打战。

“你是不怕。”阿里说着，尾巴轻轻一甩，露出牙齿没入水中，其他鳄鱼也跟了上来。弗兰克退回小木筏旁，露易丝和查理紧紧抓住他的胳膊，把他拉了上来。

下一刻，鳄鱼们全都浮出了水面，只是这次它们不再咬牙切齿了，因为它们的嘴巴全都被蛇给系得死死的。

弗兰克的计划在有条不紊地推进！阿里猛烈地摆动身体，不断发出愤怒的“嗯嗯”声，一条大蛇紧紧缠着它的嘴巴。一只鹦鹉从上方俯冲下来，叼住了哨子的绳子，一下把哨子摘了下来。然后它一个劲儿地向空中飞去，但是哨子竟然掉了下去。

“不要！”弗兰克喊道。他知道，如果哨子掉入水中很可能就再也找不到了。

查理戴着手套的双手从小木筏的另一侧伸出来，一把抓住了掉落的哨子。

“最好的守门员，总是时刻准备着！”露易丝说。

但是，查理的侧身飞扑使小木筏远离了小岛，木筏

回到湍流之中。没过多久，小木筏就被卷到了河流最湍急的部分。

浪花飞溅上来，弗兰克用尽全力让小木筏保持平衡。小麦趴在木筏上说："不行了，我又晕船了。"

恐慌中，大伙儿的面部表情都扭曲了，因为更可怕的事情即将发生，小木筏已经失去了控制，正在沿河急速而下。弗兰克试着用力划水，但是于事无补。小木筏在湍流中起起伏伏，这一刻性命攸关。

"那是什么？"凯文突然指向下游，他的全身已经湿透了。

弗兰克顺着凯文所指的方向望去，用力地咽了一口口水。原来河流的尽头，河水突然消失了。这只有一种可能。

"所有人快向后划！"弗兰克大喊，"下面是瀑布！"

大伙儿都跳到小木筏的边缘，开始疯狂地划水，想要减缓前行的速度，但是毫无作用，河水慢慢地将他

们推向瀑布。

当他们到达瀑布边缘时，小木筏开始倾斜。即将下落时，弗兰克清楚地看到眼前是一个足有几百米高的大瀑布，河水落入深渊，拍打起白色的水沫。在重力作用下，弗兰克的心提到了嗓子眼儿。

弗兰克闭上双眼，握紧手中的哨子，难道真的要一命呜呼了？

第六章

# 继续寻找

“你们几个怎么都湿透了！”里卡多说。

弗兰克睁开眼，发现自己和其他小伙伴身处一个小房间里。里卡多正躺在一个凳子上，一条裤腿卷起，弗兰克一眼就看出这里是更衣室。他清楚地记得，里卡多在半决赛中腿部轻度抽筋了。

小麦用力地甩了甩身子，说："如果你在亚马孙的从林中差点儿被淹死，我相信你也会全身湿透的。"

一定是魔法救了他们，身上没有受伤，看来回来得够及时的。

"我们找到了这个。"说着，弗兰克拿起哨子给里卡多看。里卡多从凳子上一跃而起。

"干得漂亮！"他大喊，"我不应该怀疑你们的实力。"

"你怀疑过吗？"查理皱着眉头问。

里卡多咧开嘴笑了笑，说："有那么一点点。"

"听着，"露易丝说，"到底发生了什么？谁是背后的主谋？"

"没时间解释了，但我可以透露一些。"里卡多指着墙上的电视，荧幕在不断闪烁。荧幕上有一栋坐落在山上的大房子，周围的草坪上杂草丛生。不远处有一块人工草坪，一个男孩正在那里玩花式足球。他双脚颠球，球一上一下，速度之快让人眼花缭乱，他还会用后背接球，还有“踩单车”。

“我没看错吧？那个男孩是你吗？”凯文问，“我以为你是在贫民窟里长大的呢。”

里卡多摇了摇头，说：“那不是我，是迭戈。他有着和我不同的成长经历，正如你刚才看到的。我小时候踢球都是光着脚，用球衣做门柱的，而那个时候，迭戈就拥有他想要的一切了。他有自己的训练场、最好的球衣，甚至还配有专业教练。他的父母也很有钱，迭戈一直被认为是最出色的。”

“我怎么从来没有听说过他？”弗兰克说。

“那是因为后来他停止了训练。过去，我踢球踢到很晚的时候，他经常在路过时喊我的名字。他知道我的技术不同寻常。”他指着露易丝手中的魔法足球说，“但是到我们竞选 U16 国家队的时候，迭戈变得越来越懒惰，自然是我被选中了。”

“等等，你有魔法足球？”查理问。

里卡多点点头，说：“因为那件事，迭戈开始嫉妒

我，偷走了我的魔法足球。两年来，他迷失在魔法足球的世界中，穿越到不同的历史和地理环境中去挑战自己。”

“直到今天。”露易丝说。

里卡多点了点头：“他肯定已经做好了准备，想要在比赛中复仇。”

“等等，现在最重要的一个问题是，”凯文说，“英格兰队的比赛如何了？”

“先看看吧，谁知道呢？”里卡多说。

他按下了按钮，荧幕上出现了英格兰队的比赛。弗兰克看到，距离比赛结束还有 5 分钟，比分依然是 1–1。不仅如此，场边的球迷竟然走了一半。只见一名阿根廷队的防守球员正面冲撞，放倒了一名英格兰队的前锋，两名球员正躺在球场上，看起来像是受伤了。裁判吹响哨子，指向了点球点。

“太棒了！”弗兰克高呼，“我们要赢了！”

英格兰队的前锋站起身来，把球放在点球点。

弗兰克感觉整个更衣室的空气仿佛凝固了，大家屏息凝视。英格兰队的前锋走到球前，向后退了几步，紧接着突然向前跑去，抬脚就射，足球竟然高出了横梁。

小麦咕咕叫了起来。

“踢成这样，英格兰队还想进决赛？做梦！”露易丝压抑不住心中的郁闷说。

“你们没看到吗？”里卡多说，“公平竞赛在这里已经恢复了，但是在你们找到比赛用球之前，球员完全没有技术可言。决赛就更别提了，你们得找到奖杯。”

弗兰克的球鞋又开始缩紧了：“怎么回事？！”

门外传来了脚步声。“快走，队医来了。”里卡多紧张地说。

门把手开始转动，整个房间竟然消失了。

弗兰克发现自己正被一群跳舞的人包围着，鼓声和砂槌有节奏地发出声响，鼓号齐鸣。小麦钻到弗兰克的两脚之间，生怕被喧闹的人群踩到。

“我们这是在巴西狂欢节！”露易丝说，“里约热内卢！”

人流沿着街区慢慢向前移动，弗兰克想要挨着小伙伴们都难。他们被推上了人行道。这条街是通向海滩的，能看到星星点点的海面。人们穿着五颜六色的服装，在阳光下格外漂亮。巨大的彩车也顺着人流向前移动，上面站着更多跳舞的人，他们还会向两侧撒下闪闪发光的纸屑。有些杂技演员在做前空翻，还有些在做两个人反方向腾空而起这样的高难度动作。

如果是在平时，弗兰克肯定喜欢这样的活动，但是今天有更紧迫的事在等着他。

在这儿怎么找回丢失的奖杯和足球呢？简直是大海捞针啊！

突然他看到了迎面而来的一辆载着巨大足球模型的彩车。踩高跷、耍杂技的人走在车前，把手中的五个足球扔向空中。彩车从他们面前开过时，弗兰克注意到足球模型有一大块被截掉了，里面坐着一个瘦小的穿着运动服的年轻人。他有着顺滑的黑发，正在从手中的椰子里吸取椰子汁。他的手指上戴着某种金色的物体，一脸郁闷地皱着眉。

弗兰克走近了观察，说：“是迭戈！”

TBALL

第七章

# 老友相见

“他似乎是唯一一个没有在享受狂欢节的人。”露易丝说。

“这就对了。”查理说，“我们得想办法上车。”

他们跟着彩车缓缓前行，然后突然从车后爬了上去。小麦太小，怎么都爬不上去，弗兰克索性将它扔给已经

上车的查理，自己再跳上车。没有人注意到他们，大家玩得太尽兴了。弗兰克在向前爬行的过程中，不停地左右观察，怕有埋伏。在他看来，不可能这么容易就……

迭戈现在背对着他们，弗兰克看到，他的左脚踩着一个足球！很明显，这是世界杯的比赛用球，上面有绿色、蓝色和橙色的条纹。也许冠军奖杯也在这里的某个地方藏着，要是能一起拿到就太好啦！

弗兰克转向他的伙伴们，把手指放在嘴唇上，做出一个“安静”的动作。因为只要保持安静，他就可能偷偷地……

“是小里卡迪尼奥派你来的吗？”迭戈突然头也不回地开口说话了。

弗兰克停了下来，说：“你的比赛该结束了。”

迭戈按了一下扶手上的按钮，座椅转了过来。迭戈把手中的椰子扔在一边，用袖子抹了抹嘴，说：“这不是一场比赛！这是一场战争！一场反对足球的战争！”

弗兰克慢慢地走近他，眼睛盯着他脚下的足球。

“我知道我的老友会想尽办法来追我，可惜的是，派了一群孩子！”

弗兰克感觉自己的伙伴们就站在身后。“把足球还给我们。”露易丝说。

“你来拿呀。”迭戈说。

小麦飞快地从弗兰克的背后冲了出去，张开嘴想要把足球夺回来。迭戈赶紧按下另一侧扶手的按钮，一张大网从地下喷了出来，把小麦套了个正着。小麦在地上打了好几个滚，绝望地咆哮着。“蠢蛋！”迭戈说，“下一个是谁？”

露易丝跑了上来，迭戈迅速按下另一个按钮，从座位下喷出某种液体。露易丝脚下刺溜一滑，摔倒在地，一脸痛苦地捂着脚踝退了回去。

“是油！”露易丝说。

“我在魔法世界可没少学手段。”迭戈笑着说。

弗兰克发现，此时查理正偷偷从另一侧靠近迭戈。迭戈又按下一个按钮，一阵阵的火焰喷出，查理不得

不用手套捂着脸退了回来。周围的人大呼小叫。“可能他们认为这只是彩车上的什么把戏吧。”弗兰克想。

查理脱下手套，把咄咄逼人的火舌拍了回去。他气得脸都绿了：“真没想到你竟然能让我脱下手套！我从来不脱的！”

“在你受伤之前，最好离我远点儿。”

弗兰克不敢向前一步，谁知道迭戈还有什么阴险的手段？

“嘿！看看我发现了什么！”凯文大喊。弗兰克看到凯文从一扇门里伸出头来。“滚！滚出去！”迭戈怒吼道。

“什么情况？”弗兰克还没搞清楚原因，突然整个彩车猛地摇晃了起来，他也失去了重心，向前倒去。迭戈从椅子上飞了出去，摔在足球上。

“是刹车杆[①]！”凯文说。

紧接着，彩车开始加速，越来越快，沿着大街向前

① 全称为“制动器操纵杆”，拉起时能使机动车本体固定在地面或某平面上，松开时机动车可以移动。译者注。

飞驰。凯文松开了所有的刹车杆，彩车全速前进！太快了！人们纷纷尖叫起来，连滚带爬地逃离路面。踩高跷的演员直接摔倒在一间商店门前的遮阳伞上。手中的足球也滚落一地，在恐慌的狂欢人群中被踢来踢去。彩车还在加速，呼啸着冲向海滩，这样下去肯定会把行人压扁的！

“停车！”露易丝尖叫起来。

“好吧，好的！”凯文连忙弯下腰去。

一阵刺耳的响声过后，彩车停了下来，慢慢移动到人行道上。弗兰克看到迭戈的足球从车上滚了下去，落入沸腾的人群中。

“快去拿球！”他喊道。

他跳下彩车，膝盖微曲，以半蹲的姿势轻盈地落地。足球在人群中被无数双脚踢来踢去。露易丝跟在弗兰克身后，一条腿跑起来有点儿瘸。凯文赶忙上来帮忙。查理忙着帮小麦解开身上的大网。

“对不起，”凯文说，“我只是想让他走神，结果……”

“你还真是让他走神了！”露易丝说。

迭戈从车上跳下来，掠过他们的头顶，直奔足球而去。弗兰克也疾速追了上去。

“你永远不会战胜我的！”迭戈转过头喊。眼看他就要碰到足球了，突然一个滑铲，把足球周围的人都“扫”了个干净。“哈哈！”迭戈欢呼着，带着足球朝海滩跑去。

弗兰克一口气追到了沙滩上。迭戈一开始速度很快，但是过了一会儿，他就气喘吁吁了。弗兰克想：“你应该多练练体能。”

最后，迭戈索性不跑了，转过身面对弗兰克，充满挑衅地说：“你永远拿不到这个足球！”他转过身，一脚将球踢进了大海，踢到了弗兰克看都看不到的地方。

迭戈露出一个坏笑，但是下一秒钟，他就傻眼了：“什么？”他左右看了看。

弗兰克转过身，他的伙伴们已经到了，而且他们每个人脚下都踩着一个足球！“太好了！”弗兰克心中暗

喜，演员们的足球和迭戈的足球混在了一起！

“但是哪个是我们要找的足球呢？”凯文问，“看起来长得都一样。”

“这个！”里卡多突然出现了，他大步走在沙滩上，手中拿着一个足球说，“希望你们别介意，我好不容易才从酒店里溜了出来。”

“是你！”迭戈咬牙切齿。

“你好啊，老朋友，我们又见面了！”

迭戈气得直踢脚下的沙子，说：“谁跟你是朋友！你抢了我在球队中的位置！是你逼我进入那个魔法世界的！”

“你知道那不是真的。”里卡多说着看了看弗兰克和他的伙伴们，“顺便谢谢你们了，在刚才的加时赛中，英格兰队打入制胜的一球，进入了决赛！”

“太棒了！”露易丝激动地抱了抱查理，查理脸都红了。

“虽然你夺走了我的一切，但是你没有这个！”迭戈突然说。

一道光闪过，金色的世界杯冠军奖杯出现在他手中。

第八章

# 大力神杯争夺战

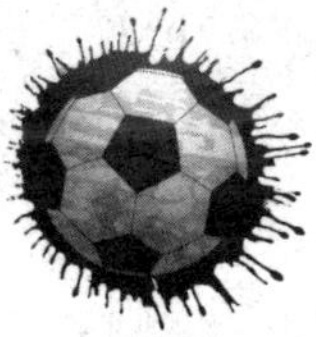

弗兰克看呆了：“这是真正的大力神杯吗？”

“属于我的真正的大力神杯。”

“它属于胜利者，而不是你这个小偷。”里卡多说。

迭戈拉长了脸说：“你们赢得了什么胜利？是时候检验彼此真正的实力了，如果你们队可以击败我和我的球队，那么大力神杯就让你拿走，这样够公平了吧？”

里卡多看着弗兰克和他的伙伴们，咬咬嘴唇，说："我不知道……"

"我们接受挑战！"弗兰克说，"但是你的球队在哪儿？"

迭戈微微一笑："马上就到。"他一只手举起大力神杯，只见奖杯顶部发出万道金光，当光线照在沙滩上的时候，一个个人物的轮廓慢慢浮现。弗兰克环顾四周，整个沙滩上没有别人，只有他们几个。金光慢慢散去，迭戈身旁出现了 5 名球员。

"带你认识一下我的球队。"他指向一个亚洲男孩，"他叫棚木。"接着指着一个长着金色长发的女孩说："这是汉娜，从德国来的。"然后是一对皮肤黝黑又敦实的双胞胎男孩，双手抱胸，他们是桑德和本奇。最后出场的是一个身高将近 1.9 米的女孩——来自美国的敏迪。

对方球员保持沉默，表情冷淡，弗兰克从中读出了玄机：它们很可能是机器人。

"你在哪里组建的这支球队？"露易丝问。

迭戈耸了耸肩，说：“他们都是魔法足球过去的拥有者，都是他们那一代人中最出色的球员。你们想要拿到奖杯，先过了他们这关再说。”

“迭戈，稍等一下。”里卡多说。

“比赛将采用‘突然死亡法’①。”迭戈打断他说。迭戈的队员们一字排开站在迭戈的身后。

弗兰克看到对手正好是 6 个人，这样的话，6 对 6 正合适。“但是我们有里卡多！”弗兰克窃喜。在海滩的两端神奇地出现了两个球门，敏迪站在了其中一个球门的球门线上。查理则跑向另外一个，边跑边踢沙子。弗兰克突然发现查理并没有戴他的手套。

弗兰克指了指两个边路，小麦和露易丝心有灵犀地走到各自的位置上。凯文站在查理身前，主要负责防守任务。

“来吧！”弗兰克对里卡多说，“我们需要你顶在

---

① 突然死亡法，又叫金球制胜，常见于淘汰赛中。两支球队在90分钟比赛时间内打平，那么加时赛中的金球将决定哪一支球队最终赢得比赛。如果一支球队在加时赛中率先进球，那么比赛立即结束，该球队获胜，这一进球就称为金球。译者注。

前面。”

里卡多却摇了摇头，说：“我踢不了。”

“什么？！”弗兰克足球队的队员们异口同声地说。

“我不想踢……另外，如果我受伤了该怎么办？”

弗兰克简直不能相信他的话。

“你把我们带到这里来，到底想干吗？！现在世界杯岌岌可危！”凯文说。

迭戈咯咯地笑了：“你们不是想拿回大力神杯吗？他已经没有意志力了，现在什么都不想要。行了，别废话，赶紧开始吧！”

“但我们只有 5 名球员。”露易丝说。

“这我当然知道。”迭戈狡猾地露齿而笑，“你们先开球，因为球现在在你们脚下。”

弗兰克低头看了看，魔法足球静静地停在沙滩上。他们只有一次机会拯救世界杯，他不想把这件事搞砸。

他先把球传给边路的露易丝，但足球在沙滩上要么打滑，要么滚不起来，十分棘手。汉娜很快将球拦下，面对露易丝的抢断，她用脚将足球搓起，高球传向棚木。这个球对小麦来说太高了，棚木压着凯文高高跃起，用头顶了一下球，在球落地之前一脚大力凌空抽射，球冲着球门飞去。查理做出扑救的一刹那，弗兰克的心都跳到嗓子眼儿了。

啪！

查理不偏不倚，稳稳地将球拿下！查理搓了搓手说："哎哟。"

"干得漂亮！"弗兰克大喊，接着跑向查理要球。他心里明白，刚才那个球差点儿就进了，比赛开始没几秒就差点儿丢球，好险！

露易丝走过来，小麦跟在后面，凯文也拖着沉重的脚步，闷闷不乐地走过来。"我们不能像平时在草地上那么踢，我们要适应沙滩足球。"露易丝提醒大家。

"怎么适应？"弗兰克说，"咱们一点儿机会都没有。"

露易丝抓紧他的胳膊，说："谁都能那么想，但是你不能！弗兰克！你不能失去信心啊！"

“但对方比我们多一名球员，你刚才也听到迭戈说了，他们都是顶级高手。”

“不会的，想想我们之前一起共渡的难关！”小麦凑到弗兰克脚下说。

“说得没错，”查理说，“我们需要你。你是我们的队长和领袖，你应该一直站在最前面。”

听了大家的话，弗兰克又鼓起了勇气，对他的伙伴们笑了笑，说：“好吧，那我们就试着让球在空中多停留一会儿。”

查理手抛球将球发出，小麦头球传给露易丝，而露易丝没有将球停下，反而让球在地上弹跳。

“露易丝，传球！”弗兰克着急了。

只见露易丝小心翼翼地将球传过了双胞胎的头顶，传向弗兰克，弗兰克胸部接球后，用大腿控制好球，看起来一切都进行得非常完美。而后弗兰克看到棚木正冲上来，他轻巧地调整了一下身体位置，直接起脚射门了。

砰的一声！弗兰克的双脚好像被什么东西拖了一

下，射门的脚直接重重地踢进了沙子里，他的呼吸都变得困难了。

弗兰克趴在原地，艰难地呼吸着，这时迭戈跑上来将球带走，飞速杀向球门。

迭戈先是带球过了露易丝，然后是小麦、凯文，他们三个在背后紧追不舍，现在只剩下查理了。查理果断出击，伸出双臂就要扑球，但是迭戈将球在双脚间快速弹拨，晃过了查理，直接面对空门一脚劲射。

迭戈在沙滩上滑行，高举双臂，兴奋地呐喊："我赢了！我赢了！"

"哎呀，还没有！"汉娜说。

弗兰克此时已经站起身来，皱着眉头。

"怎么没有，我赢了。"迭戈说，"看，球不是在球门内吗？"

"你刚才犯规了。"栅木说。

迭戈抱着球说："我把你们召唤出来的目的不是让你们给意见，明白吗？"

敏迪站在球门前说："没错，我们是不会作弊的，应该给对方任意球。"

面对自己的队员，还有弗兰克，迭戈无奈地说："好吧，你们说怎么踢就怎么踢。"他愤怒地将球踢还给弗兰克，弗兰克则将球摆回刚才的犯规地点。

"让我来罚。"凯文主动请缨。

"让弗兰克踢吧，他是我们的队长。"露易丝说。

凯文站在球前恶狠狠地说："弗兰克刚刚丢掉了一次机会。而且你之前也听到了，他不相信我们会赢！"

迭戈走上来："我不管谁来罚，你们快点儿！"

露易丝压低嗓门对凯文说了点什么。令弗兰克惊讶的是，此时露易丝斜着眼睛看了看他，还点了点头，说："凯文，你说得没错，这球应该由你来罚。"

小麦趴在地上，把脸埋在两只爪子里，不敢抬头看，查理则灰心丧气。

弗兰克的心凉了半截。

"连露易丝都不相信我了，其他人会怎么办。"他想。

第九章

# 绝妙配合

弗兰克主动让开了罚球点，把这个任意球交给他的哥哥踢。对方的球员排出一道人墙，敏迪在球门线上左右跳跃，试图干扰凯文。看起来，凯文进球的可能性几乎为零。

“嘿！弗兰克，还记得在电视机被踢碎之前，你踢空的那个球吗？”凯文说。

弗兰克郁闷地想：“当然记得，我就不该踢。”

“当时我是故意干扰你的，我……我知道你能做到，但我就是嫉妒，因为……”凯文深吸一口气说，“因为你踢得比我好，一直都比我好。”

弗兰克真不敢相信凯文会这么说。“难道我哥哥‘改邪归正’了？”

“没错。”露易丝笑着说，“大家都知道，那天弗兰克肯定能踢到那个球的。”

小麦贴在弗兰克脚边，悄悄说：“老大，让他们见识一下你的威力！”

此时，弗兰克知道必须做些什么了。这个计划非常危险，但这可能是他们获得胜利的唯一机会。他看着站在海边的里卡多，他知道里卡多非常信任他和他的球队，不能让里卡多失望。

“叨叨够了吗？”迭戈不耐烦地说。

弗兰克开始向自己球门的方向走去，假装丧失信心，但是他用眼角观察着身后发生的一切。当凯文开始助跑时，弗兰克突然转身跑向足球，凯文在就要踢到球时，突然一个假动作将球向侧面挑起，球正好飞向弗兰克。

“什么？”迭戈惊讶地说。

弗兰克看着球掠过自己的肩膀，旋转着仿佛在看慢动作，他猛地跳了起来，臀部紧绷，抡起大腿就是一脚。这是一个漂亮的侧身凌空抽射！

砰的一声，弗兰克跌落到沙滩上，在地上还不忘扭过身去看场上的情况。敏迪已经竭尽全力，将全身舒展开来，人墙自然向后退了好远。

连弗兰克自己都不知道，球到底进了没有。

“球进了！”露易丝高呼。

“弟弟，你成功了！”凯文跳上前欢呼。

“太棒了，弗兰克！”查理也上来叠罗汉庆祝。

弗兰克从缝隙向外看，小麦在沙滩上快乐地旋转着。

当弗兰克的伙伴们在他身上打滚时，他正在盯着一双慢慢靠近的脚。里卡多躬下身子，伸出一只手说：“我最懂你这脚射门！”

弗兰克有点儿不好意思：“是‘里卡多式’进球。”

“比我的漂亮多了，从现在开始，我们叫它‘弗兰克式’进球！”

弗兰克伸出一只手，被里卡多从地上拉起来，突然一阵恐慌掠过心头。

“迭戈在哪儿？”他望着荒凉的海滩问，“他的球队又在哪里？”

“我不认为他还能坚持下去，他是一个害怕失败的失败者。”

“但是，大力神杯怎么办呢？他拿着跑路了。”弗兰克一边说，一边焦躁地抓着头发，他还没有拿到奖杯就让迭戈跑了。

“没有，他没把奖杯拿走。”查理说，“你们看！”几米之外，小麦在用它的爪子疯狂地刨沙、踢沙，弗兰克隐约看到冠军奖杯在闪烁：“是奖杯！”

小麦转过身说：“弗兰克，你应该成为第一个举起它的人。”

弗兰克和他的伙伴们慢慢走上前，奖杯虽然被沙

子掩埋了一大半，但是好像在闪闪发光。弗兰克蹲下身子，拿起奖杯，抹去上面的沙子。从他小时候第一次踢足球开始，他的梦想就是有朝一日举起大力神杯。难道真的就这样实现了？

“恭喜你们，弗兰克魔法足球队，”里卡多说，“你们才是真正有资格举起它的球队。谢谢你们，奖杯这下安全了。”

弗兰克打了一个冷战，胳膊上起了一层鸡皮疙瘩。

“为了弗兰克魔法足球队！”露易丝喊。

“为了弗兰克魔法足球队！”大家一起大喊。

银色的光环绕在他们周围，像从天空划落的流星一样。弗兰克把奖杯举过头顶，说：“为了……”

“弗兰克？”是妈妈的声音，“我们到家了！”

“真是难以解释啊，没有人相信英格兰队会走到决赛。”

妈妈早就惊呆了，盯着电视机一动不动。

“我可以解释这一切。”弗兰克说。

此时，爸爸看到被踢碎的电视机，转过身对弗兰克

说："嗯，你看着办吧！"

弗兰克深吸了一口气，发现完全没有任何理由辩驳。

3天后，弗兰克和凯文正坐在他们的卧室里，二人都感觉非常对不起对方。弗兰克在摆弄爸爸的旧收音机上的表盘。

"找不到它啊！哪个台啊？"弗兰克说。

小麦今晚已经不止一次抱怨了。

"这太不公平了，"凯文说，"我不相信我们没有资格看世界杯决赛！"

弗兰克听到"沙沙"的声音，收音机里传出播音员的声音："欢迎来到里约，这是我们这代人的最高荣誉，就在今晚，三狮军团将闪耀巴西。"

声音消失了。

"等了近50年，终于碰上英格兰队闯进世界杯决赛，但我们却困在这里，一没电视机，二没收音机。"凯文抱怨说。

弗兰克也无权责怪爸妈，首先电视机很昂贵，其次爸妈竟然去奶奶家看比赛了！他太郁闷了！查理说了，他会把决赛录下来，选个时间大家一起看。

谢天谢地，收音机终于发声了："接下来出场的是大力神杯，足球界的最高奖项……"

弗兰克不禁一笑，想象着电视机屏幕上正在播放的那一幕。3 天前，正是他和他的伙伴们将奖杯取回的！

"我感觉我们还是有机会穿越过去的，不过那个时候，也许都老胳膊老腿了，也没机会踢球了。"

"你们在卧室里做什么？"广播里突然传出一个声音。

小麦的耳朵立刻竖了起来，弗兰克蹦了起来，凯文说："是里卡多的声音吗？"

"肯定是，我是里卡多。"那个声音说。

弗兰克调大收音机的音量，问："你好吗？你在哪里？"

"我在球员通道，正准备上场参加世界杯决赛，突然想起我忘记给你们一个东西了。"

"什么东西？"弗兰克感觉对着一个收音机说话有点儿傻。

“你们的贵宾票。”

弗兰克突然从卧室里消失了。他已经紧张得不知所措了，发现自己正坐在拥挤的看台上，俯瞰下面那个明亮的绿色球场。他被震耳欲聋的噪音包围了，成千上万的球迷唱着歌，吹着号子。凯文坐在他旁边，露易丝和查理在他的另一边，露易丝说：“真的是现场，我们在世界杯决赛的现场！”

“有人能把我抬高一点吗？这样我就可以看到下面了。”原来是小麦。弗兰克把小麦放在大腿上，说：“好了。”

“呃……这怎么可能呢？”查理一脸茫然。看到他戴着一副新手套，弗兰克咧嘴一笑。

两支球队出场了，英格兰队穿着他们的红色客场球衣，巴西队穿着黄蓝色主场球衣。一名巴西队的球员走到一半时，对着他们挥了挥手，是里卡多。

“真是一份特别的邀请，”弗兰克挥了挥手，说，“最后一点魔法也起作用了。”

这是他们至今见过的最棒的魔法！

足球就是这样富有魅力的一项运动。在这个星球上，不管你走到哪里，都能看到踢球者的身影。你不需要攒钱购买多么昂贵的装备，不需要租一块专业足球场地，也不需要提前约好一帮要好的朋友，你需要做的只是准备一个可以在地上滚动的足球。一旦足球滚动起来，整个世界都为之旋转。那么，从今天开始，超级弗兰克，也就是你们眼前这位英俊帅气的男孩，将会正式成为你们的足球老师，为你们开讲一期又一期足球大课堂。我的课程一共15期，每

堂课你们都要跟着我学习足球知识和足球技巧。我还会送给你们神秘的小锦囊，这些小锦囊可是超级弗兰克的传家宝，不到关键时刻不能打开偷看哦！什么，等不及了？好啦，弗兰克足球大课堂，现在，开！讲！啦！

FOOTBALL

# 足球知识

## 球衣

球衣既是一支球队的标志，也是该球队的灵魂。在足球比赛中，球员必须穿着有袖的球衣出场，同一球队在场上穿的球衣必须相同，与对手球队的球衣颜色必须有明显区分。此外，球衣代表了一支俱乐部、一个国家甚至一个民族的精神特色，一支球队鼎盛时期的球衣往往象征着它的巅峰时期。很多年后，人们回忆起当年的盛世辉煌，往往首先想到的便是当年的球

衣。球衣大致分为球员版、球迷版和落场版，其中落场版又称更衣室版，官方不出售，但是会通过特殊渠道流入市场，因此落场版也受到全世界热爱球衣收藏的球迷的追捧。

# 球鞋

足球鞋是专门为足球运动员设计的足球装备。谈起足球鞋，一般人的第一反应就是钉子很多，比较狰狞，而且似乎所有的足球鞋长得都是一个样子。其实足球鞋种类繁多，基本上是按照人造草地、天然草地、室内场地等场所来进行区分的。当今足坛，很多球星的球鞋都是独家定制的，他们喜欢把自己的名字放在球鞋上，大多采用刺绣工艺。

# 发型

虽然足球比赛踢得火热，球星表现优异，但是人们的目光却不只停在球赛本身，赛场上“输球不输势”的发型也很重要。当今，比较流行的个性发型有莫西干、光头、刘海头、卷发等。本书作者弗兰克·兰帕德常年留着寸头，这种发型干净、利落、时尚，人显得精神，踢球时也显得潇洒。

FOOTBALL

# 足球技巧

## 热身

足球运动的高对抗性决定了球员在比赛过程中，很容易造成肌肉或韧带拉伤，甚至会导致抽筋或韧带断裂。因此在比赛前，球员必须要做好热身运动，充分活动全身，有效避免不必要的拉伤。球员的热身方式主要包括慢跑、折返跑和原地起跳等。

# 护球

足球发展到今天，作为一项十分成熟的运动，取胜的关键已经不只是身体对抗，护球能力已经变得越来越重要。首先，护球需要球员有良好的身体素质，包括身体的柔韧性和协调性；其次，护球要有娴熟的脚下技术，这是将球控制在脚下的基本保证；最后，护球还需要有强大的心理素质。因为在紧张的足球比赛中，球员很容易怯场或被场外因素干扰，这时候只有具备良好的心理素质才能有条不紊地将球保护在自己脚下。

## 假动作

虚晃是足球比赛中最常见的假动作之一，是足球运动中的重要组成部分。做假动作的目的在于通过一个具有迷惑性的动作，让对手上当，而实际上做的是另外一个动作。在做假动作时，应观察对手的动作，从而有针对性、快速地做出真动作。同时，假动作多发生在中前场，应避免在后场出现，因为一旦在后场丢球，会立刻被对方打反击，后果非常严重。但是，不论做何种假动作，都要将球牢牢地控制在脚下，而且记住个人服务于整体，在不影响团队合作的情况下，选择做假动作的时机。

# 足球锦囊

古有诸葛亮赐给赵云3个锦囊，拯救了刘备。如今，超级弗兰克在足球场上游刃有余的同时，口袋里塞了不少锦囊妙计。不卖关子了，让超级弗兰克给你抖出3个足球锦囊看看，接着！

## 踢球和学习，哪个更重要？

很多家长最担心的一件事，是在足球和学习之间做出一个选择。实际上，两者之间并不矛盾。不管能不能成为一名职业球员，学习总是第一位的。换句话说，“教育第一，足球第二”。良好的教育对踢球有很大的规范和帮助作用，当然也不排除特例。在条件允许的情况下，先好好学习，再认真踢球，如果能够做到学习踢球两不误，那是最好的。

# 家中常备一个足球

很多人认为，踢足球必须在户外找一块场地，凑齐 11 个人才行。实际上，我们平时在家中同样可以踢足球。怎么踢呢？这就需要我们在家中常备一个足球，最好是 4 号球、3 号球或者更小号的足球，在有限的空间内，练习颠球、传球和停球，这会极大地增加球感，培养人和球之间的默契度。不过，弗兰克老师要提醒大家，在家中练球的时候不要惊扰到邻居哦！

## 公平竞赛

公平竞赛是足球比赛的基本原则之一。不论是职业球员还是非职业球员，都应该秉持公平竞赛的原则进行比赛。在球场上，公平竞赛体现在比赛中有良好的秩序，一心为了体育而去竞争，不提倡那些丑恶的、欺骗性的行为，如假摔、假球等。另外，种族歧视也是近年来比较严重的现象。我们要秉持公平竞赛的体育精神，保证足球比赛的纯洁和公平。

# 致谢

感谢利特尔 & 布朗图书集团；感谢尼尔·布莱尔、佐伊·金、丹尼尔·特维尔斯以及其他布莱尔合作出版公司的员工；感谢路艾拉·怀特，是她让小说中的人物鲜活起来；特别要感谢迈克尔·福特，感谢他贡献了智慧和耐心；还要感谢我的好朋友斯蒂夫·卡特纳，感谢他在图书以及其他方面所提供的帮助和指导。

## 游戏规则

1. 洗牌，摸牌。
2. 玩家用自己摸到的卡牌组建球队，每 4 张卡牌组成一支球队；玩家也可自行约定每支球队的卡牌数。
3. 玩家自行决定谁先“开球”（即出第一张牌），后出牌者选出一名队员进行阻截，阻截是否成功取决于双方球员的能力值（力量、技术、体能、速度、斗志），玩家自行约定比较哪一项能力值，数值高者获胜，并继续与对方的下一名球员进行对决。
4. 玩家手中的最后一张卡牌，即为守门员，如用于比较的能力值低于对方的球员，则球进，反之则守门成功。无论球进或不进，第一轮进攻到此结束，接着由守门员“开球”，开始第二轮进攻（注：每一轮进攻中，每位球员的某项能力值只能使用一次）。
5. 每场比赛的总时间为 5 轮进攻，即双方进攻轮数的总和是 5 轮；玩家也可自行约定进攻轮数。
6. 比赛完毕后，记录下每支球队的成员和战绩。

Frankie's Magic Football

# 球衣8号

## 兰帕德少年足球小说系列

### 第一辑

《海盗旋涡的冲力射门》

《角斗战场的地下怒吼》

《骑士城堡的宿命对决》

《法老密道的限时反击》

《牛仔小镇的点射绝杀》